▲口絵２　子供用のチョゴリ（上着）

▲口絵１　丹青（木造建築物の屋根裏の彩色）

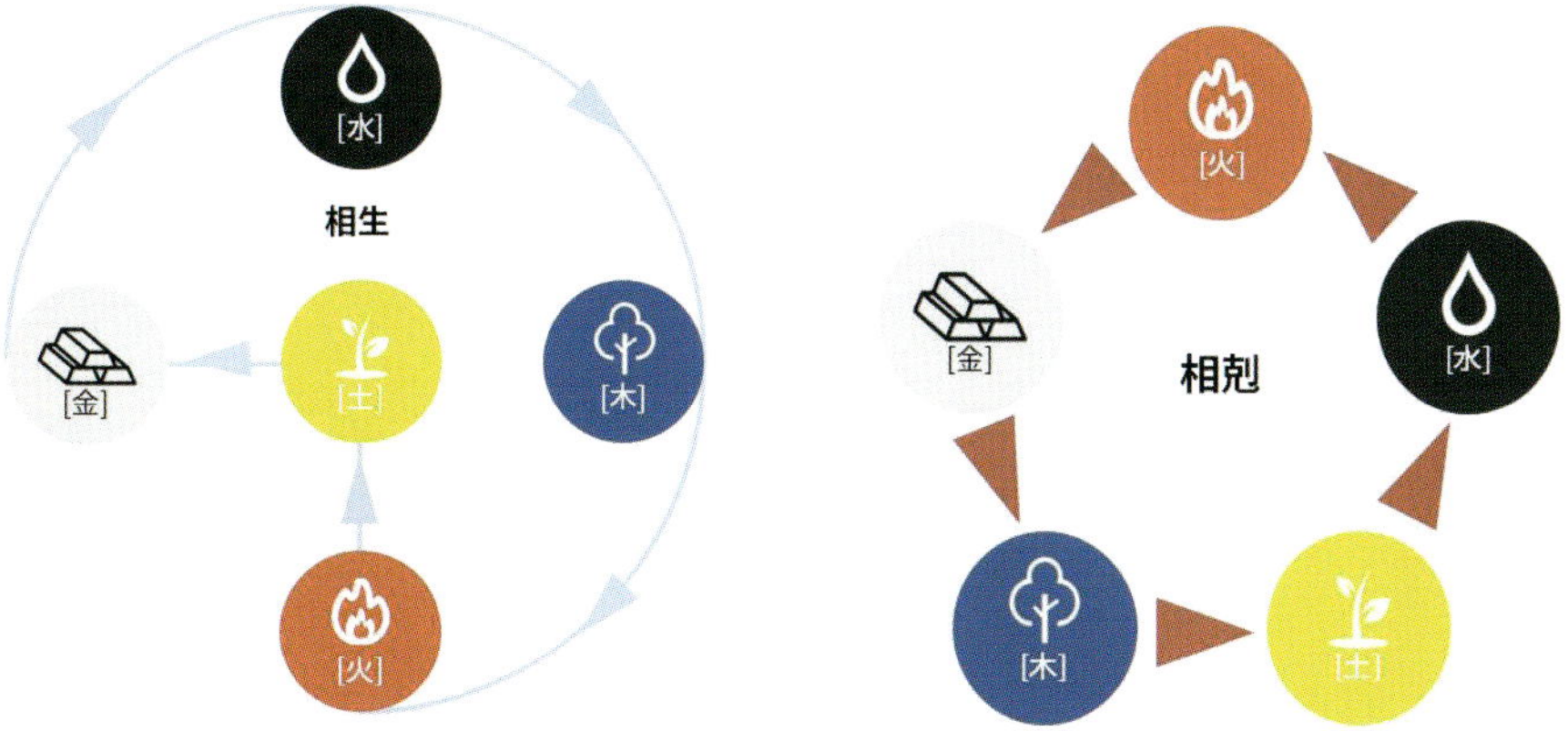

▲口絵３　五方色

▲口絵４　『思悼世子嘉禮都監儀軌』（ソウル大学奎章閣所蔵）

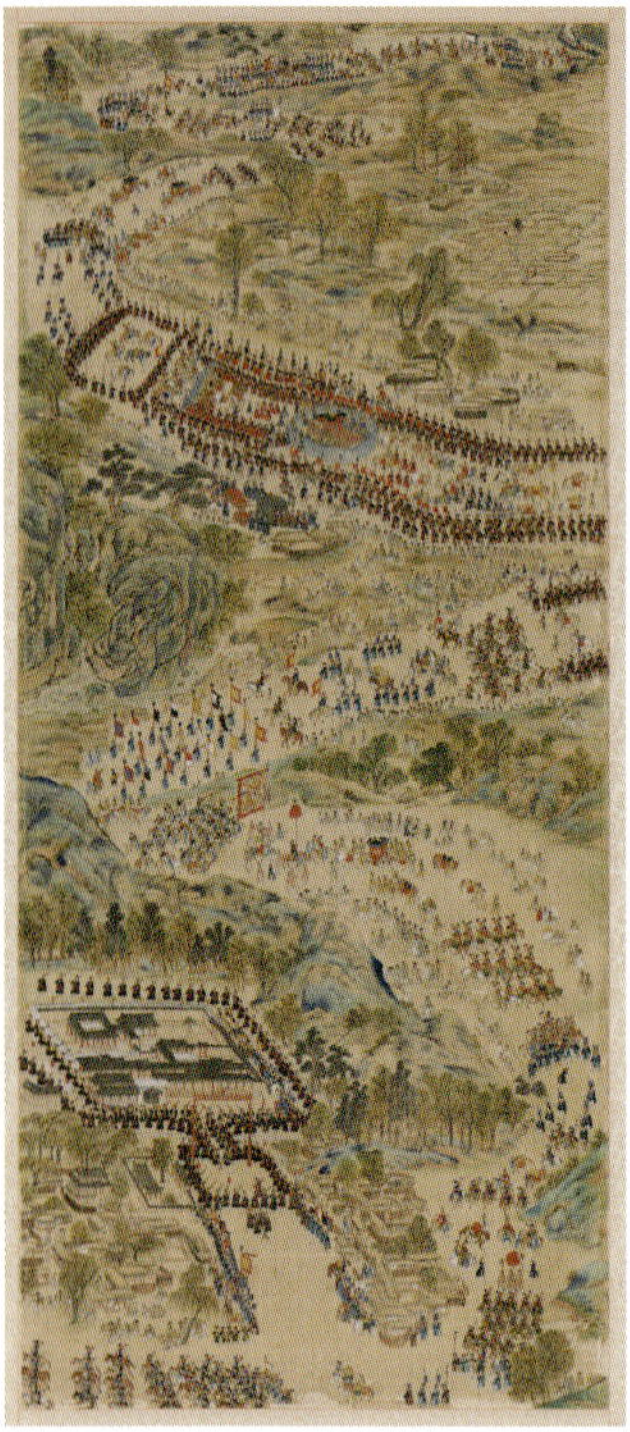

▲口絵５② 『華城陵行圖』（國立古宮博物館所蔵）

▲口絵５③ 『華城陵行圖』部分拡大

▲口絵７ 申潤福（1758～？）
「端午圖」（澗松美術館所蔵）

◀口絵６
チョゴリ（上着）とチマ（スカート）の組み合わせと色

▲口絵５① 『華城陵行圖』
（國立古宮博物館所蔵）

色彩から見た王朝文学

韓国『ハンジュンロク』と『源氏物語』の色

李愛淑
Lee Ae Sook

編者　青山学院大学文学部日本文学科
企画　高田祐彦・小川靖彦

笠間書院

はしがき

小川靖彦

日本と韓国では、それぞれに王朝時代に華麗な色彩文化が花開きました。日本の平安時代には、貴族の女性たちは季節に合わせて衣服の表裏の配色を変え、手紙には美しい染紙《そめがみ》を用いました。韓国の王朝時代には、華やかな衣装の廷臣たちが王の行幸に随行し、宮殿の屋根裏には、鮮やかな緑を基調に、青・赤・黄・白・黒で生命力あふれる紋様を描く「丹青（タンチョン）」という彩色が施されました。その中で、『源氏物語』作者の紫式部や、『ハンジュンロク』作者の恵慶宮洪氏（ヘギョングンホンシ）など両国の女性文学者たちは、自分自身の色彩美を発見してゆきました。

ともに中国の「五色《ごしき》」の思想を受容しながら、それを独自に発展させた日本と韓国の王朝時代の色彩の文化と文学を比較する時、それぞれの特徴が今まで以上に鮮明に浮かび上がってきます。

ところが、韓国の色彩の文化と文学については、日本ではあまり知られていません。そこで日本と韓国の王朝文学について鋭利な比較研究を進めていらっしゃる國立韓國放送通信大學校教授の李愛淑《イエスク》氏に、韓国の色彩文化の基本についての紹介と、色彩の観点からの比較研究をお願いしました。その成果をご披露くださったのが、二〇一五年一月十日（土）の一四～一六時に青山学院大学青山キャンパス17号館五一一教室で開催された青山学院大学文学部日本文学科主催の講演会です。ご講演には、本学教授の高田祐彦氏が平安文学研究者の立場からコメントを加え、比較研究を深めました。

多くの皆様が熱心に耳を傾けた、刺激に満ちた研究成果をさらに多くの皆様と分かち合いたいと願い、ささやかな書物を刊行いたしました。なお、講演会開催と講演録刊行にあたって、副学長長谷川信氏を始め、青山学院大学よりご支援いただきましたことを記して、謝意を表したいと思います。

目次

講演を聴いて―コメントとレスポンス

講師紹介

小川靖彦

青山学院大学文学部日本文学科主催の文学交流講座「日本と韓国における色彩と文学」の講演会「色彩から見た王朝文学」を始めたいと思います。講演会に先立ち、講師の李愛淑《イエスク》氏についてご紹介したく思います。

李愛淑氏は現在國立韓國放送通信大學校日本学科教授でいらっしゃいます。「韓国放送大学」とも通称していますが、「國立韓國放送通信大學校」が正式名称です。

李氏は、一九六二年、韓国の大邱（デグ）のお生まれです。そして、啓明（ゲミョン）大学をご卒業になりました。卒業後、同大学大学院に進学するとともに、助手として勤務されました。その後、東京大学大学院人文科学研究科に留学され、一九九五年三月には同大学院から博士号（文学）を授与されていらっしゃいます。当時の東京大学大学院人文科学研究科の国語国文学専攻では、交換留学でなく、正式に入学する留学生はまだ少数でした。李氏はその数少ない一人です。

李氏のご専門は、日本学と日本文学です。主に『源氏物語』の表現研究をしていらっしゃり、日本・韓国の両方でその成果を発表されています。そして、最近では広く日本古代の宮廷文化と文学を、韓国の王朝文化と文学との比較という新しい視点からの研究を進めていらっしゃいます。「女性、宮廷、そして自己語りの文学—比較文化、文学としての源氏研究への展望」（『日本学研究所年報』〈立教大学〉第8号、二〇一一年三月）、「王朝の時代と女性の文学—日本と朝鮮の場合」（小嶋菜温子・倉田実・服藤早苗編『王朝びとの生活誌—『源氏物語』の時代と心性』森話社、二〇一三年三月）、「恨（ハン）と執の女の物語—比較文学的視点から―」（『アナホリッシュ国文学』第4号、二〇一三年秋）などの論文を次々と発表されています。

特に、「恨（ハン）と執の女の物語」では、韓国の王朝女性文学『ハンジュンロク』の〈恨〉が、情況を変えてゆく能動的なものであることを明らかにされました。私たちは、〈恨〉を、日本語の「恨み」のニュアンスによって、〝恨めしい、怨恨、やりきれないほどの悲しみ〟という面ばかりで受け取りがちです。李氏の論はこうした常識を覆すものです。「恨（ハン）の文学」とされる朝鮮王朝の文学の新しい側面が見えてきました。そして、この〈恨〉を通して、『源氏物語』における〈執〉の積極性能動性も見出されました。

ところで、今日のご講演のテーマは「日本と韓国における色彩と文学」ですが、韓国の伝統的色彩についてのまとまった日本語の書物は『韓国の色と光』（愛知県立美術館等、二〇〇二年）という、展覧会の図録しかありません。ましてや韓国の王朝文学の色についての研究は、日本では紹介されていません。韓国の伝統的色彩についての講演というだけでも、大変興味深いものですが、さらに『ハンジュンロク』と『源氏物語』を色彩によって比較するという研究は今まで全くないもので、期待に胸がふくらみます。

それではご講演を賜りたく存じます。よろしくお願いいたします。

色彩から見た王朝文学

——韓国『ハンジュンロク』と『源氏物語』の色

◉李愛淑

Ⅰ　はじめに

王朝、色彩、そして文学

王朝時代の色彩、王朝文学の色を考える時、まず想起されるのは華麗な色です。具体的には盛大な宮中の儀礼や国家行事の場、そして色鮮やかな女性の服色などから構築されたイメージです。たとえば、日本の王朝時代は平安朝になりますが、その王朝の色を表象するのは、「十二単《じゅうにひとえ》」という華麗な王朝女性の正装です。その華麗な色の世界は、平安朝の女性文学における豊富な色の世界とも連動し、また絵画によってもさらに強固なイメージを構築していきます。

韓国の王朝時代といえば、五百年以上続いた朝鮮王朝（一三九二〜一九一〇）となります。平安朝のように、朝鮮王朝の色の世界も、女性の正装の色など、華麗なものとしてイメージされています。そして、王朝文学として女性文学が成立しました。

しかしその一方で、朝鮮王朝は儒教を国家の支配理念としていた社会でした。儒教的な女性観を確立するために、女性には婦徳（孝と烈）が強要され、禁欲を強いられた時代でもあります。したがって、女性は受動的な存在として、また自ら語るのではなく語られる存在として、社会から排除されていましたが、その中で王朝文学としての女性文学が成立したのでした。この点を軸として、朝鮮王朝の色、王朝女性文学での色の特徴について、お話を進めていきたいと思います。

そこで、まず注目されることは、儒教を支配理念としていた朝鮮王朝での伝統的な色彩観と王朝文学での色の表現です。

Ⅱ　韓国の伝統色

華やかな「五方色」の世界

色とは、「目で見て確認できる光で、吸収した情報を脳に伝え、色彩の存在を認識させる感覚であり、感情の結晶体」（グム・ドンウォン『伝統色、五行と五方を降ろす』一三頁、ヨンヂュウとパラン、二〇〇八年）です。しかし、「一八七六年、開港前までの伝統色はすべて意味論的色彩観から出発した」（ムン・ウンベ『韓国の伝統色』三七頁、アングラピクス、二〇一二年）と言われるほど、韓国の伝統色は観念の領域のものとして、強固な位置を占めていました。その伝統色を「五方色《ごほうしょく》（オバンセク）」と言いますが、これに支えられた色彩意識は長い間、韓国の文化や人の思考に多大な影響を及ぼしてきました。

たとえば、本日は王朝の華麗な色に注目しますが、王朝の華麗な彩りは「五方色」を基に表現されています。その痕跡を日常生活の隅々で目にすることができます。**図（口絵1・2）**を御覧ください。

一つ（口絵1）は「丹青（タンチョン）」と言い、宮殿やお寺など、木造建築物の屋根裏や柱の紋様などの彩色です。その目的は木造の保存と、赤色の〈丹〉と青色の〈青〉による魔除け（辟邪《へきじゃ》）にあります。日本の木造建築物の朱色と比べてみると、その彩りはなかなか華麗なものであることがわかります。もう一つ（口絵2）は子供用のチョゴリ（上着）で、色鮮やかなところから、「セックドンチョゴリ」と言います。両方とも、韓国の伝統色である「五方色」を基に施された彩りです。

「五方色」の意味するもの

韓国の伝統色としての「五方色」とは、黒、赤、青、白、黄の五つの色ですが、感覚としての色を意味するのではなく、「陰陽五行《いんようごぎょう》」の方位を象徴する色です。要するに「陰陽五行思想」による観念的な色だと言えます。

「陰陽五行思想」とは、中国の古代の思想である、「陰陽説」と「五行説」が結合したもので、宇宙論であり、また世界観でもあります。

「陰陽」とは宇宙の原理を説明するものです。太初、宇宙は一つのものではなく、陰と陽の、異なる性質により構成され、〈陽＝天＝男〉と〈陰＝地＝女〉によって、世界と人間社会が成立したと言います。そして、西洋哲学での火、水、土、空気という四元素のように、「五行」は木・火・土・金・水という五つの元素で、宇宙を構成するものです。「行」と表現しているように、その五つの元素は固着したものではなく、流行、変遷することで、陰陽の秩序が生まれてきます。したがって、その性質からお互い相生《そうしょう》する時もあり、相剋《そうこく》する時もあります。たとえば、〈水〉は〈木〉を育てるもので、〈水〉と〈木〉は相生の関係になりますが、〈水〉は〈火〉を消すので、〈水〉と〈火〉は相剋関係になります。

このような宇宙の秩序を説明する陰陽五行の方位を象徴する色がまさに「五方色」です。**図**（**口絵3**）を参考にしてください。

色の位階秩序

黒、赤、青、白、黄の五方色を「正色《せいしょく》」と言います。そして、その中間色である、紫・紅・碧《へき》・緑《ろく》・騮黄《りゅうこう》（濃い茶色と思ってください）を「間色《かんしょく》」と言います。「正色」と「間色」の間には明確な区別と位階が存在しました。正色には陽、上、尊貴なものという意味を付与し、間色には、陽に対する陰、上に対する下、尊貴に対する卑賤の意味を付与することで、生活の場での位階秩序を表現しました。たとえば、儒教の経典『礼記《らいき》』で言う「衣《い》正色《せいしょく》裳《も》間色《かんしょく》」、つまり上着は正色、スカートは間色という着用の決まり、皇帝の色である黄色の禁制、中国の東に位置する朝鮮の象徴色を青とすることによる、人々の好んだ白衣の禁制などから、色の位階秩序を確認できます。

儒教理念を推進した朝鮮王朝では、身分制度とも絡み、色の位階秩序をさらに強化していきました。「朝鮮政府は建国と同時に王権の正当性と権威を確立するために色彩にまで位階秩序をたてた。陰陽五行思想に基盤する中国の色彩観念が影響を与え、色彩に順位を当て、特定な色には禁色観念が形成された」（韓国古文書学会『朝鮮時代生活史３』八六頁、歴史批評社、二〇〇六年）と言えます。陰陽五行と儒教理念の影響により、「中国中心の世界観に基づく意味論的な色彩観」（鄭時和《ジョンシファ》「韓国人の色彩意識」『精神文化研究』Vol.4 No.3、一九八一年）が、朝鮮王朝の色彩意識の基底を形成することで、文化・芸術にも多大な影響を及ぼしました。もちろん、観念的色彩意識は服飾文化にも影響を与えています。

そこで、伝統的な色彩意識と朝鮮王朝の女性文学との関わりに注目してみたいと思います。というのは、女性文学は王朝社会の変革期を背景に成立しました。その成立の時代は戦争後の激動期で、支配理念としての儒教への批判から、新しい時代の思想が生まれた時代でもあります。また、表現の道具としての文字も、男性中心の公的世界を書く漢字ではなく、女性の文字であるハングルを用いて、自己を表現することで、女性の文学が成立したからです。

Ⅲ　韓国の王朝文学

王朝女性文学の成立

まず、**図1**をご覧ください。

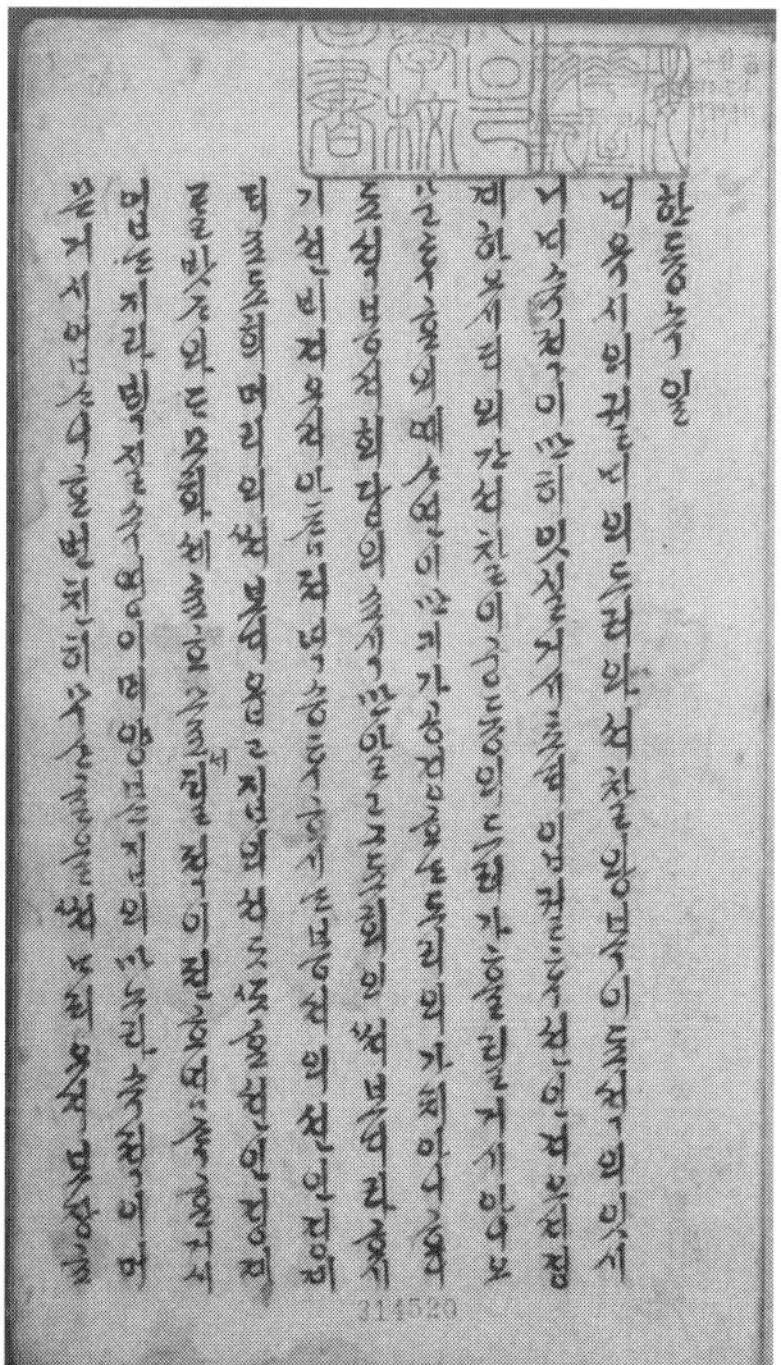

図1『ハンジュンロク』
（ソウル大学奎章閣所蔵）

全部縦書きになっていますが、ハングルです。漢字を使ってはいないのですが、今現在、韓国で通用するハングル表記とは少々書き方が違います。平安朝の物語文学のように、その意味を解読するのはかなり難しいです。最近韓国の有名なデザイナーが、このハングルの字体を洋服のデザインに導入して、フランスでも評判になったそうです。

このように、ハングルで女性が自己を表現した文学が、韓国の王朝文学と言えます。簡単に定義すると、韓国の王朝文学とは、朝鮮時代の、女性がハングルで書いた文学で、十七世紀以後、つまり朝鮮時代の後期に成立した女性文学を意味します。そこで、日本の王朝文学について見てみますと、日本の王朝文学とは、たとえば、『大辞林』には「平安時代の、主に女性の手になる仮名文学の称」とあり、十一世紀を前後して成立した文学と言えます。

成立の時期を比較すると、十一世紀の日本と、十七世紀後半の韓国ではかなり時間の差があります。ほぼ六百年以上の差がありますが、それは日本の王朝女性文学が、世界の文学史からしても異例に早く成立したことを物語ります。たとえば、十七世紀に成立したフランスの王朝女性文学と比較しても、日本の王朝女性文学がいかに早い時期に成立したのかがわかります。そのことがまた平安女性文学の特徴でもあります。

このように、女性文学の成立には時間の差はありますが、日本も、フランスも、韓国も王朝という時代を生きた女性が、女性の文字を道具として、自己の内面を凝視し表現することで成立したという、その背景の共通性がより意味を持つことになります。

韓国の王朝女性文学の成立過程

韓国の王朝女性文学の成立において重要な契機になったのは、女性の文字としてのハングルの発明と使用です。日本の王朝文学における仮名と同じように、男性の文字である漢字使用から排除されていた女性が、ハングル創製で自己を表現する文字を獲得したことは、女性文学成立には欠かせない重要な要因になります。韓国の場合、そのハングル創製が朝鮮時代に入ってからでしたので、その分、女性文学の成立も遅れました。

ハングルが作られたのは一四四三年で、四代目国王世宗（セゾン、一三九七～一四五〇）が作りました。実際に公表したのは三年後の一四四六年です。

日本の仮名の境遇と同じく、男性中心の王朝社会では公的な文字である漢字を尊重し、ハングルを女の文字、女性のものとして軽視しました。国王世宗が作ったものではありますが、当初は文字への差別により、王室の女性の私的な場の文字として使用されるのみで、十六世紀後半になって、やっと民間にまでハングルは普及しました。

その普及を促進したのが、女性の日常生活と密接にかかわっている書簡です。最初、書簡は意思疏通の手段でありましたが、当時男性中心の時代に抑圧されていた女件が自分の内面を吐露できる唯一の手段として定着していきました。記録として確認できる最初の女性書簡は一四五二年のものですが、ハングルと書簡は相互に影響しあいながら広く普及し、女性の文字と表現形式として一般化していきました。

その中で、十六世紀以後、「歌辞（ガサ）」というハングル詩歌の伝統を媒介に、女性の自己語りとして長編化することで、十七世紀以後、女性文学が成立しました。特に女性のハングル詩歌（歌辞）には、たとえば、許楚姫《ホチョヒ》（一五六四～一五八九、蘭雪軒《ナンソルフォン》）の自嘆の閨怨《けいえん》歌に見られるように、儒教の女性観に抑圧された、女性の心情が、時には恨（ハン）の情緒として、切実に表現されています。歌辞の役割については私の「王朝の時代と女性の文学」（小嶋菜温子・倉田実・服藤早苗編『王朝びとの生活誌』森話社、二〇一三年）を参考にしてください。

歌を媒介に女性文学が成立したことにおいては、日本とも類似していますが、『癸丑日記（ケチュクイルギ）』（一六一三年以後か）、『仁顯王后傳（イニョンワンフチョン）』（一六八九年）、『ハンジュンロク』（一七九五年）という、韓国の王朝女性文学を代表する作品は、宮廷社会の秘話を書いているのが特徴です。当時の朝鮮社会は儒教理念の解釈などをめぐった派閥党争が起こり、王位継承などの政治問題とも絡んで、さらに党派の争いが激化していく時代でした。三つの作品とも派閥党争による政治的な問題を扱っているのが特徴ですが、作者が判明しているのは、『ハンジュンロク』だけで、『ハンジュンロク』は文学作品としても高く評価されています。

朝鮮王朝のルネサンス

韓国の王朝女性文学がその変動の時代を背景に成立したことの意味は重要です。つまり、朝日（一五九二〜一五九八）・朝中戦争（一六二七、一六三六〜一六三七）以後の、王の絶対性が崩壊する朝鮮後期の変動期を背景に成立したのです。戦争で多大な被害を受けた民衆は、国王と貴族などの支配層をもう信頼できなくなりました。社会の矛盾が噴出すると、新しい時代の思想が芽生えることになりますが、朝鮮社会ではかつての中国中心の儒教に対する批判から実学（シルハク）が台頭しました。このような朝鮮王朝の変動期を背景に、漢字でなくハングルで、男性でなく、女性が書いた王朝文学が成立したのです。

もちろん観念的な儒教を虚学とし、それに対抗する実用主義の学問である実学は、中国でも、日本でもあります。しかし、変革期である朝鮮後期の時代精神として、朝鮮社会全般にかけて多大な影響を与えたという意味で、韓国ではあえて「実学（シルハク）」と呼んでいます。

実学思想の核心といえば、儒教への批判にあります。特に、朝鮮王朝の支配制度の根本である身分制度を強く批判しました。歴史学者の李離和《イイファ》氏によると、「両班（ヤンバン。朝鮮の貴族、南面した国王を中心に、東に文班、西に武班が堵列《とれつ》したことによる）は一体何者なのだろう。遊んでばかりいる両班は食べてもいけないし、彼等を商人（下層）にするべきだ」（『韓国史イヤギ』十三巻、二〇頁、ハンギル社、二〇一〇年）とまで強度な批判を加えたそうです。

中国中心の儒教理念への批判から、実学派は朝鮮的・民族的な情緒、古い形式の打破を主張し、ハングル詩歌、ハングル小説、パンソリ（語りもの系の伝統芸能）、服飾、風俗画などの文学と文化にまで多大な影響を与えました。ただこれは伝統への回帰ではなく、脱中国と近代への芽生えとしての主体性の模索であることがその特徴でもあります。

たとえば、当時流行したハングル小説の中では、金萬重《キムマンジュン》が書いた小説、『謝氏南征記（サシナムジョンギ）』（一六八九〜一六九二？）がありますが、当時の両班の矛盾を鋭く風刺した作品であります。また、今現在でも韓国で人気のある『春香傳（チュンヒャンジョン）』という作品があります。口伝されたもので作者不明ですが、小説として、またパンソリという語りの文芸として享受された有名な作品です。その内容は、貴公子と最下層の芸者の娘の、身分を越えたラブストーリーで、強固な身分社会である当時としては破格の内容のものであります。

新しい時代の思想に支えられた、朝鮮後期は「朝鮮王朝の中興期で、民族的な特色を表す文化が発達して、服飾文化も多用に発達した時期」（劉頌玉《ユソンオク》『韓国服飾』一四一頁、修學社、一九九八年）であり、写実的な画風の風俗画も発達した時代です。長い間、朝鮮社会を束縛していた中国中心の思想から脱皮して、民族の主体性を強調する時代の変動期に王朝の女性文学が成立したことの意味は重いです。

図2をもって説明すると、次のようになります。

朝鮮が建国したのは一三九二年で、朝日戦争——日本で言う「文《ぶん》禄《ろく》・慶長《けいちょう》の役《えき》」、韓国で言う「壬辰倭乱（イムジンウェラン）」——は、一五九二年から一五九八年まで、それに続く朝中戦争、清との戦争は、一六二七年、一六三六年から三七年にかけてありました。

その後の十七世紀後半から十八世紀を朝鮮後期と言いますが、新しい時代の思想としての実学を尊重し、朝鮮王朝のルネサンスを作ったのが、二十一代目の国王・英祖（ヨンゾ）と二十二代目の国王・

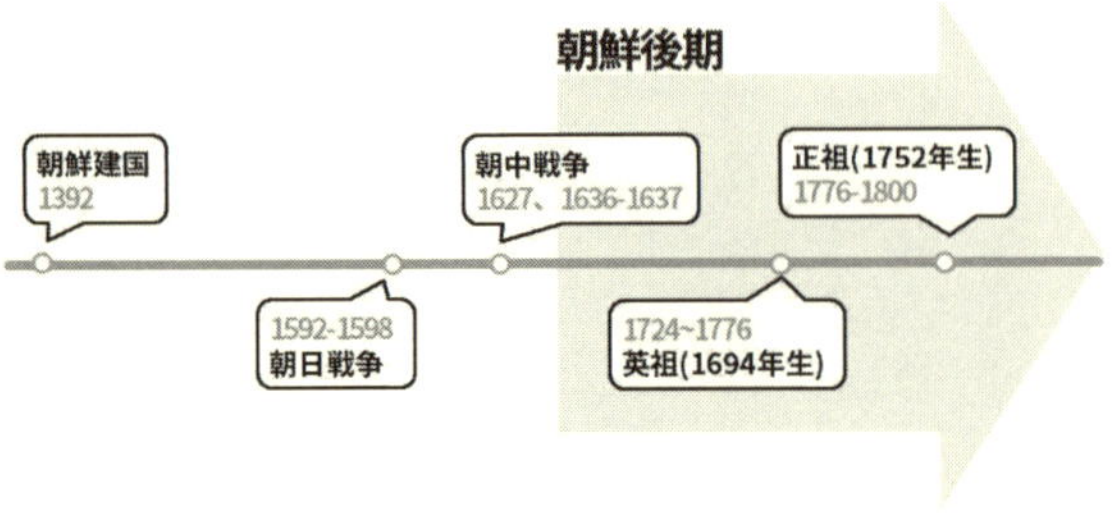

図２　朝鮮王朝の歴史

正祖（ジョンゾ。イ・サン）の時代です。その時代を背景に書かれた作品が『ハンジュンロク』ですが、あまりにも劇的な時代を背景にしているがために、韓国ではしきりに演劇、映画、ドラマ化される作品でもあります。

Ⅳ　『ハンジュンロク』とは

『ハンジュンロク』という作品

『ハンジュンロク』は恵慶宮洪氏（へギョングンホンシ、一七三五～一八一五）が、六十一歳になる一七九五年に書き始め、一八〇五年に書き終わった、自己語りの王朝文学です。作者は十歳の時、東宮妃として入内《じゅだい》し、八十一歳で死去しました。王妃に準じる身分で、全人生を宮廷でおくった女性です。その作者が夫である思悼世子（サドセザ、一七三五～一七六二）の悲劇的な死を、自己語りの形式で事実と虚構を混在させながら記した小説が『ハンジュンロク』です。異本もあり、内容や構成も複雑なことから、自伝、日記、随筆、歴史小説、宮中実記文学とも言われていますが、それこそジャンルを越境する作品で、作者の夫の悲劇的な死の顛末《てんまつ》をめぐる自己語りの文学であると言えます。

韓国ドラマ「イ・サン」の歴史背景でもありますが、余りにもショッキングな内容であるがために、漢字の表記では、「恨」の人生という意味で『恨中録』、または、血を吐くほどの人生という意味で『泣血録』、または、作者の高い身分から、閑《のど》かに人生を回顧する意味で『閑中（漫）録』ともしています。

自己語りの文学

『ハンジュンロク』の中心は夫の思悼世子の悲劇的な死にありますが、それを公的記録では「壬午禍變（インオハビョン）」と称します。壬午禍變は一七六二年閏《うるう》五月に起った歴史的事件で、英祖が、実子である思悼世子を廃し、米櫃《こめびつ》の中にいれて窒息死させた事件です。当時、長男が若死にしており、英祖にとって世継ぎの東宮は思悼世子ただ一人でした。にもかかわらず、実子を米櫃に入れて窒息死させるという衝撃的な事件です。『ハンジュンロク』の作者は、ご本人（思悼世子）の勇気と健気《けなげ》さで、「米櫃の中へ入れ」とお仰せになっても、何とかお入りにならぬよう工夫すべきなのに、どうしてお入りになったのだろう。

（鄭炳説《ジョンビョンソル》『原本ハンジュンロク』一二六頁、文学ドンネ、二〇一〇年。以下同じ）

というように、事件のことを述べています。しかし、国家の公的な記録である『朝鮮王朝実録（チョソンワンジョシルロク）』では、

上幸昌徳宮、廢世子爲庶人、自內嚴囚。

〔**訳**〕主上が昌徳宮［チャンドックン。朝鮮王朝の宮殿の一つ］に出て、世子を廃し、庶人にし、しっかりと中へ閉じ込めた。〕

（『英祖実録』九十九、英祖三十八年（一七六二）閏五月十三日、http://silok.history.go.kr）

と、事件の核心である「米櫃」のことを省略し、「自內嚴囚」とぼやかして、事件の顚末を記しています。漢字で記録する公的歴史が書かない事件の真相を、ハングルでの私的叙述で細部まで書くことは、それだけで公的秩序への侵犯にならざるをえません。しかも、作者は夫の世子に対して、父王が「お仰せになっても、何とかお入りにならぬよう工夫すべきなのに、どうしてお入りになったのだろう」との思いを記しています。もちろん当事者としての嘆きではありますが、父、国王の言葉に逆らうとは、王朝の儒教論理とは相反するものになります。

だからこそ、儒教理念に強く束縛される王室の女性が、ハングルで公的領域と私的領域を交差させながら、自己を表現した自己語りの文学であると言えます。

関係図（図3）をご覧ください。

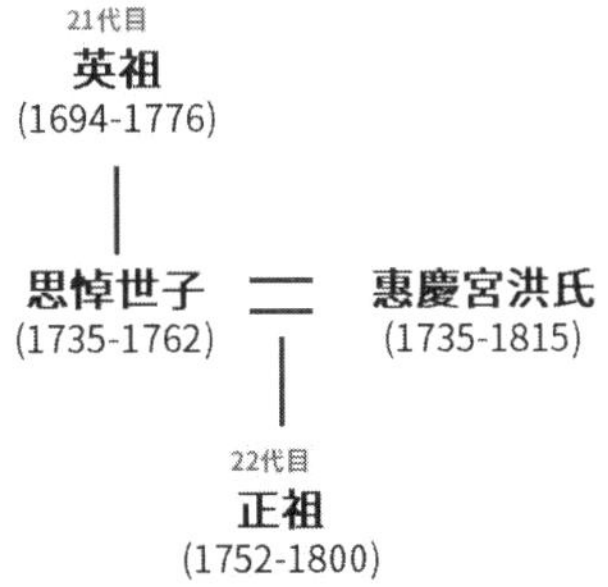

図3　『ハンジュンロク』人物関係図

先に、英祖と正祖（イ・サン）の時代を朝鮮王朝のルネサンスと言いましたが、李離和《イイファ》氏は「改革と実学の時代」（『韓国史イヤギ』十三巻、ハンギル社、二〇一〇年）と評価しています。派閥党争が激しい中、八十二歳まで長生きした英祖は、「蕩平策（タンピョンチック）」という政策をもって党派間の政治的な均衡をとり、失墜《しっつい》した王権を回復しました。英祖の後を継いだ、孫の正祖は王室の記録を保管する奎章閣《けいしょうかく》（キュザンガク）を設置するなど、実学の思想を積極的に導入して社会の改革を推進した国王でした。

しかし、残念ながら、既得権層の反発で、英祖は身分制度、正祖は土地制度の改革には失敗しました。しかも、正祖のあまりの早世により改革は中断しました。韓国ではそれがとても残念に思われています。

『ハンジュンロク』の構成についての諸説

六巻からなる『ハンジュンロク』を見つけて、はじめて紹介したのは一九六〇年代の李秉岐《イヒョンギ》氏です。それを六巻構成説（李秉岐・金東旭《キムドンウク》『ハンデュンロク』民衆書館、一九六一年）と言いますが、一九八〇年代に、六巻を執筆の年度順に整理して、四巻構成説（金用淑《キムヨンスク》『閑中録研究』正音社、一九八七年）が出されました。最近内容の重複するところを整理して、鄭炳説氏が三部構成説（「『ハンジュンロク』新考察」『古典文学研究』34、二〇〇八年）を出しています。

本日のお話では、一七九五年に「わが人生」、一八〇一年と一八〇二年に「実家のための弁明」、一八〇五年に「わが夫、思悼世子」（草稿は一八〇二年）が書かれたという三部構成説に基づき、鄭炳説氏の『原本ハンジュンロク』（文学ドンネ、二〇一〇年）を底本とします。

Ⅴ 『ハンジュンロク』と色

色の描写の少ない『ハンジュンロク』

ムン・ウンベ氏は、『ハンジュンロク』の色に対して、「当時の英祖の政治形態や民衆の生活のなかでの五方色に関する内容が叙述されて、宮中での色彩と文化を伺える」（『韓国の伝統色』九四頁、アングラピクス、二〇一二年）としますが、その内容に比べると、色の描写はとても粗略です。

むしろ、儒教の理念に制御された王室の女性であるだけに、色を省略し、具体的に描かないことが、『ハンジュンロク』の色の特徴であるとも言えます。さらに、公的記録での色と比較することで、漢字表現での公的儀礼や国家行事での色を省略し、流行する衣服の色をハングルで、感覚的に認識し表現していることに注意されます。

華麗な王朝のイメージとは裏腹に、当時、儒教の女性観に束縛された女性にとって、色は、忌避し、隠すべき対象であったはずです。〈色〉という言葉に、男女の情の意味があるように、それこそ儒教の倫理観から遠ざけるべきものであります。

にもかかわらず、作者は公認された漢字の世界の色を省略し、私的な場での色を、ハングルで、感覚の次元で表現しています。理念に制御される漢字表現の意味論的な色彩意識から脱皮するところでの、感覚的な色の描写がなされています。それこそ、ハングルで書いた女性文学の特質とも共鳴するところであると思います。

省略された儀礼の色

華麗な色の世界である儀礼における色を、『ハンジュンロク』の作者は省略し、心情をもって、その場を語ります。そのような作者の描写の特徴は、当時の公的記録である儀軌（ウィゲ）と引き比べることでより鮮明になります。

「儀軌」とは儀式の軌範を意味します。後代の参考のために残しておく朝鮮王朝の国家的記録です。儀軌は漢字表記の書と絵をもって、記録します。特に詳細に儀礼の様子を描写した絵の方に、最近では高い評価が与えられています。その絵を「儀軌班次圖（ウィゲバンチャド）」と呼びます。「班次圖」とは、職務と身分（「班」）にそって、順番に並べた（「次」）絵のことを意味します。普段、国家的行事の円滑な準備のために具体的に描いては、それに基づいて、事前練習したそうです。

今日は『ハンジュンロク』で語られた儀礼としての、嘉禮（ガレ。王室の結婚式）と作者の還暦の宴会を中心として、お話をいたします。というのは、この作品が人生の回顧である以上、〈恨〉の作者の人生の契機としての結婚式と、その無念を反転させる象徴としての還暦の宴会は何よりも重要な節目になるからです。

嘉禮

「嘉禮（ガレ）」は、王室の結婚式のことです。作者は十歳の時、入内《じゅだい》しましたが、本文で、結婚式について、

一七四四年の私の嘉禮のすばらしさについて、宮中をあげて褒《ほ》め称《たた》えたのである。（中略）正月九日世子嬪（セザビン。東宮妃）に冊封《さくほう》され、十一日は嘉禮で、両親との離別の日が近づいてくることで、そのことがたえられず、一日中泣きとおしていたのである。（一七八頁）

と、自分の結婚式のすばらしさを、まず自慢げに語っています。具体的な描写を省いていますが、結婚式のすばらしさといえば、誰もが華麗な色彩の王室の結婚式を思い出すはずです。にもかかわらず、儀礼の色のことは一切省略して、両親との別れに対する心情へと進んでいきます。一見、王室の女性に似合う儒教的な禁欲の姿勢とも言えますが、公認された色までを省略すること自体、漢字表現の世界からの離脱とも言えます。というのは、作者の結婚式の嘉禮は華麗な色の世界として、公的記録に描かれているからです。**図（口絵4）**をご覧ください。

図は『思悼世子嘉禮都監儀軌（サドセザガレドガンウィゲ）』の班次圖（バンチャド）です。「嘉禮都監」とは、儀礼を担当する臨時の官庁のことです。その班次圖をみると、恵慶宮洪氏（ヘギョングンホンシ）の嘉禮の様子が、美しく絵に描かれていることがわかります。真ん中の乗物の中に恵慶宮洪氏が座っているはずです。王朝の結婚式でのハイライトの場面を描いています。別宮で東宮妃としての教育を受けた後、正式に東宮妃に冊封され、宮殿に向う場面です。当時としても綺麗な色の絵

で、人々の綺麗な服色など、作者の言うとおり、「すばらしいもの」であったはずです。しかし、作者はその色は描いていません。

本人の結婚式のほかに、二度の王室の結婚式のことが語られています。

(1)　一七五九年、英祖が貞純王后を迎えると、その嘉禮がめでたく嬉しいものの、心細く怖く、これからの事への心配が絶えなかった。（一九六頁）

(2)　一七六二年二月二日に嘉禮を行うと、慶事ではありながら、万事に気がねをし、気をつけたことのすべてを書くことはとてもできない。ただ、自分の宿命が不思議に思われるばかりである。（二〇〇頁）

(1)は作者の舅《しゅうと》である、英祖（ヨンゾ）と貞純王后（チョンスンワンフ）の嘉禮に対する叙述です。英祖は六十六歳の時に、十五歳の若い中宮と再婚しましたが、作者は結婚式の華麗な色を、またもや一切表現していません。ただ、息子の将来を案じての心情を語っているのみです。英祖と貞純王后の嘉禮都監儀軌の班次圖は国王の結婚式であるので、作者の班次圖よりいっそう華やかな色の絵です。
(2)は息子の正祖（ジョンゾ）の嘉禮のことで、公的儀礼の鮮やかな色にかわって、作者は依然とわが宿命に焦点を置いています。華麗な儀礼の色については、一言もいわず、わが心情を「不思議に思われるばかり」と、吐露しています。いわば、公的世界の色は漢字表現の領域のもので、作者とは無縁なもののようにも見えます。

還暦の宴会

作者は執筆動機を次のように述べています。

還暦を迎え、寿命少なく、今年は追慕の念も激しく、月日が経つと、私の記憶も衰えるだろうから、甥の願いに応え、私の経歴した事を知らせ、興感し書くのであるが、衰弱した記憶で過去のことを全部は書けず、思い出せることの一部を書くのみである。（一五二頁）

還暦を迎えて、「追慕の念も激し」くなり、「私の経歴した事を知らせ、興感し」、わが人生を回顧することになったとあります。いうまでもなくその理由は、悲劇的な死を迎えた作者の夫も同じ年で、生きていたら、今年還暦を迎えるはずだからです。還暦はこの作品を書く契機として作用していますが、実際、息子である正祖は盛大な宴会を開催し、作者はその様子を細かく語っています。

正祖は、悲運の父の墓を立派に移葬しては、その近くに華城（ファソン。現在、ソウル近辺の水原（スウォン））を築城し、そこで盛大な還暦の宴会を催しました。それについて、

乙卯年二月、思悼世子（サドセザ）と私の還暦を迎え、（正祖は）私を連れてお墓を参拝し、帰途には奉壽堂《ほうじゅどう》で宴会を催し、内外の親戚や文武臣下を集め、夜を通しながら飲食なさった。（中略）「母上、翟衣《てきい》（チョッウィ。王妃の礼服）の絹を大事になされませ。将来、孫の孝行で召されることになります」と仰る。近年は一八〇四年の譲位の準備でお忙しく、万事の事やお言葉のすべてはそれに関わっている。驚きながらもそれは千古の君主のなすべきこと

なので、私の存命中、稀貴なことを直に見る事への楽しみがないことでもないのである。
（二八四〜二八七頁）

とし、作者はその無念を晴らしています。「思悼世子と私の還暦を迎え」、二人の還暦のことを明確にした上で、「お墓を参拝」し、「奉壽堂」で宴会を催したとしています。作者が夫の思悼世子のお墓に参拝したのは今回が初めてで、また、宮廷を離れての行事は、めずらしいことでもあります。しかも、「内外の親戚や文武臣下を集め、夜を通しながら飲食」するほどの盛大な行事で、そこから「翟衣」をもって、夫の王権回復までを念願していることが語られます。実際正祖は、早く譲位し、自分は父親の王権を回復することに全力を尽くしたいと言っていました。

図４　『園幸乙卯整理儀軌』（ソウル大学奎章閣所蔵）

　さて、華城での盛大な還暦の宴会ですが、その様子を描いた『園幸乙卯整理儀軌（ウェンヘンウルミョジョンリウィゲ）』**（図４）**と『華城陵行圖（ファションヌンヘンド）』**（口絵５①②③）**を参考にすると、その華麗な色の世界が確認できます。

　『園幸乙卯整理儀軌』は木版画であるため、色がないのですが、同じ年に描いた屏風画の『華城陵行圖』は「国王が直接介入した朝鮮時代最高の宮中行事圖」（宋喜慶《ソンヒキョン》「華城陵行圖」http://navercast.naver.com/contents.nhn?rid=52&contents_id=7076）として評価されるほど、華麗な色の絵です。本文で語っている奉壽堂での宴会の様子の華麗さが、生き生きと伝わってきますが、真ん中の踊り子の周囲に八十名の男女の親戚がおり、絵の下部には文武の臣下が整列しています**（口絵5①）**。

また、『華城陵行圖』のソウルへ戻る「還御行列圖（ファンオヘンリョルド）」**（口絵5②③）**を見ると、御幸に参加した人数が六千名を超え、その列が一キロにもなったという大規模の行事の様子と、物珍しがる民衆の様子までもが描かれたとても綺麗な絵であり、当時の色を楽しむことができます。

しかも、『華城陵行圖』は異例に多く作られ、人々に贈られたそうですが、「惠慶宮（ヘギョングン）の位相を高めることで、王位の正当性を強化しようとする（正祖の）意図」（劉宰賓《ユゼビン》「正祖の「還御行列圖」『韓国学絵を描く』三八四頁、太學社、二〇一三年）から、その理由が窺えます。『ハンジュンロク』の叙述からは想像もできない色の世界です。華麗な行事の色を省略し、「翟衣の絹を大事になされませ」と、「翟衣」のことだけを語っています。

翟衣の色

「翟衣（チョッウィ）」は王妃の礼服で、王権を象徴するものです。将来、「孫の孝行で召される」とは、夫の名誉回復、王権回復を意味することになります。だからこそ、作者は「驚きながら」も、「それ」、思悼世子の追崇は、「千古の君主」であるわが息子が、「なすべきこと」であるとし、自分が生きている間、王権回復という「稀貴なことを直に見る事への楽しみがないことでもない」と、心情を述べています。

悲運な夫の、王権の回復とは、〈恨〉の人生を過ごした作者にとってみれば、無念をはらす象徴にもなります。しかし、このような感情の吐露は儒教の女性観とはあまりに掛け離れたもので、それこそ彼女の能動的な姿勢を物語ることにもなります（詳細は私の論文「恨（ハン）と執の女の物語―比較文学研究の視点から―」（『アナホリッシュ国文学』第4号、響文社、二〇一三年秋刊）を参考にしてください）。

しかし、ここでも、王妃の礼服である「翟衣」の色を作者は省略しています。作者にはいかにも重要なことであるはずなのに、その色を省略しているのです。当時は中国制度から脱皮して朝鮮風の「大紅翟衣（デホンチョッウィ）」が作られました。したがって、念願の王権回復を象徴する大事な色、その大紅の色を省略しています。

英祖時代を境に「翟衣」は変化しました。白英子《ベクヨンザ》氏は「大紅翟衣」を英祖時代における中国中心から朝鮮式服飾への変化、すなわち「國俗化」（「嘉禮都監を中心とした朝鮮王朝の翟衣の変遷」Journal of Korean Society of Clothing and Textiles 1977. Vol.1, No.2）を象徴するものであるとします。朝日・朝中戦争により、資料がなくなったことを口実に、中国の制度から離れて、英祖時代には民族の主体性を強調する時代の精神とも相まって、朝鮮式王妃の礼服として、「大紅翟衣」が作られました。

たとえば、大韓帝国の時代（一八九七～一九一〇）は皇帝を名のることで、皇后の礼服の色として、濃い青色を使い、それを「深青翟衣（シンチョンチョッウィ）」と称しました。

衣服の色を描く

以上見てきたように、作者は漢字表現の公的、理念の色の世界を徹底的に省略していることがわかります。それこそこの作品の特徴にもなりますが、観念的色を省略した作者が唯一、色を描写する次の場面をご覧ください。

再揀擇《かんたく》（カンテク）の翌日、（中略）女官達が持ってこられた衣服は貞聖王后（チョンソンワンフ）が下さったもので、桃榴《とうりゅう》（ドリュ）紋様の草緑色唐チョゴリ、葡萄《ぶどう》紋様の松花《しょうか》（ソンファ）色チョゴリ、桃榴紋様の紫色チョゴリ各一反と、瓢簞《ひょうたん》紋様の真紅チマ、紵紬赤衫《ちょちゅうせきさん》（ジョズジョッサン）である。

叔母は冗談のお好きな方で、当時瓢簞紋様の多紅色の絹が流行《はや》り、皆が着るので「月紋様のチョゴリと瓢簞紋様の多紅チマ、鶴の翼形の飾りを前髪につけ、瞳形の鬢《びん》をなさるといかがでしょう」とおっしゃる。丁度その時、「瓢簞紋様の多紅チマが到着しました、御覧なされ」と言われ、その場の皆が叔母の話の後を追い、笑い出した。しかし、私の心情は悲しく、なにもかもつらく、顔をあげて見ることができなかった。

（一七一～一七二頁）

この場面は「再揀擇の翌日」になりますが、まず、「揀擇（カンテク）」とは、王室の結婚相手を多数の候補者から選抜していく過程のことを意味します。英祖時代を基準にすると、選抜は三回にかけて行われました。初揀擇で六～十名の候補を選んで、再揀擇では三名、三揀擇では最終的に一名を選抜することになります。したがって、二回目の揀擇の翌日にあたり、宮中から三回目の選抜に着ていく衣服が送られた場面です。

その叙述によると、チョゴリ（上に着るもの）は、肌着の紵紬赤衫の上に、紫色と松花色を二枚、そして宮中に入るための礼服用の、草緑色唐チョゴリ、合わせて四枚になります。チマ（スカート）は、最初は、真紅色の一枚で、さらに多紅色チマが送られ、最終的に二枚になります。

その組み合わせと色を、**図（口絵6）**で再現しました。

チマの真紅色と多紅色は「五方間色《ごほうかんしょく》」である、紅色の一種です。朝鮮時代の紅色には「大紅」・「多紅」・「真紅」など十二種類があったと言います（韓恵卿《ハンヘキョン》「朝鮮時代の大紅色と多紅色比較研究」建國大學校修士論文、二〇〇二年）。染料の濃淡によりますが、「多紅色」は国立現代美術館が出した『韓国伝統標準色名及び色相第2次試案』には載っていないので、韓国産業標準色を基準にしています。ただし、李ゼマン氏は長丹色の慣用名を「多紅色」として分類しています（『韓国の伝統色』一進社、二〇一一年）。長丹色は丹青（タンチョン）につかう色で顔料として用い、染料に使う紅色とは色が少々違いますが、参考にしてください。

さて、最終的には多紅色チマが送られたことに注目してみましょう。その場には丁度作者の叔母がいて、この人はめずらしく「冗談のお好きな」女性で、当時の女性の流行スタイルを語るのです。

その叔母の言葉に注意すると、「月紋様のチョゴリ」と、チョゴリの場合は色を描写せず、「多紅チマ」だけ、最初の「多紅色の絹が流行」している、との前提と呼応させながら、流行色としての「多紅」を強調しています。すると、そこにもう一枚の「多紅チマ」が到着するわけですが、「丁度その時」とは、「叔母の話の後を追い」とも呼応し、この場での流行色としての「多紅チマ」への関心を強調します。すると、「御覧なされ」と言われているのに、作者は、「顔をあげて見る」ことができなかったと言います。「私の心情は悲しく、なにもかもつらく」と、いかにも両親との離別の悲しみを口実にしていますが、一方では色を「見る」ことへの反応として解釈することができます。

ここで語られた松花色チョゴリと多紅チマは、当時の上層貴族女性の正装です（金正玉《キムジョンオク》「朝鮮王朝英・

正祖時代の服飾研究―『ハンジュンロク』を中心に―」梨花女子大學校修士論文、一九七九年)。もちろんその上下の色には、「衣正色裳間色」の理念が投影されています。さらに、黄色は皇帝の象徴色なので、松花色はその鮮明さを工夫し、この禁色をさけていることもわかります。

図(口絵7)をご覧ください。

当時の有名な風俗画家である申潤福《シンユンボク》(一七五八～?)の絵「端午圖《たんごず》(ダンオド)」です。彼は特に美人画で有名な人です。松花色チョゴリと、多紅チマを着た貴族女性はブランコに乗り、上半身をむき出しにした女性たちは髪を洗い、陰からお寺のお坊さんが女性を覗き見る情景の、写実的な風俗画です。端午の節句で、家庭の束縛から解放された女性達の潑剌《はつらつ》とした様子が、鮮明な色で綺麗に表現されています。

また、先に紹介した『春香傳(チュンヒャンジョン)』でも、二人の運命的な出会いの場面は、端午の節句で、春香が多紅チマを着てブランコに乗っているところです。松花色チョゴリと多紅チマの鮮明な色は、当時の流行色を物語ると同時に、理念から解放された現実によって、情景を写実的に物語るものでもあったのです。

流行色の「多紅」とは、感覚的な色そのものであると言えます。だからこそ、作者は「見る」ことができなかったのでありましょう。

ゴウン多紅チマ

それでは、これにつづく場面を見てみましょう(片仮名はハングルをそのまま音写したものです)。

小さい時、ゴイ着たことはないのであるが、他人の衣服を着てみたいとか所有したいと思ったことはない。二番目の叔母に、私と同じ年の娘がいて、（中略）ある日あの子が多紅チマを着て来られたが、あまりにもゴア、お母さんが見ては、「お前も着てみたいの」と聞く。私が「もし有りましたら着ない理由はないですが、あえて作って着てみたいとは思いません」と答え、（中略）お母さんは涙ぐんで、「ゴウン衣を着せることができず、ケキチマでも作ってあげようと思っていたのだが、宮殿に入ると、私邸の衣服を着られないから、今にでも作り、着せては私の念願を果たしたい」と言い、再揀擇の後、三揀擇の前に多紅チマを着せては悲しみ、私も泣きながら着たことである。

（一七二〜一七三頁）

入内前に、作者に「ゴウン（綺麗な）多紅チマ」を着せたいという、日頃の母の念願を果たしたことを語る場面です。ここでも、前の場面と同じく、繰り返し「多紅チマ」のことを描写し、その色を「ゴウン」というハングルで修飾し強調します。その色を、母が「見ては」と、見ることで認識し、わが娘にも、と念願していたというのです。その母の反応を媒介に、作者は「もし有りましたら着ない理由はないですが、あえて作って着てみたいとは思いません」と、「ゴウン多紅チマ」への最小限ではあるが、自分の欲望を表わしています。しかも、それがハングル表現をもって、感覚的な色を描いていることに注意されます。

ここで、まず想起されるのは、語彙からして「多紅」は中国語の「大紅」からの借用語（李基文《イギムン》『国語語彙史研究』二二六頁、東亜出版社、一九九一年）であり、漢字色名ではないことです。さらに、多紅チマを修飾する「ゴッダ」は、「色が鮮明で見た目のいい状態」を表わす形容詞で、「ゴイ、ゴア、ゴウン、ゴプジモッハン」に活用する、ハングル言葉です。

つまり、公的な世界での観念的色を省略してきた『ハンジュンロク』は、衣服の色を描く場面で、その色をハングルで表現することで、感覚的なものとして認識したことになります。たとえば、先の「大紅翟衣」という王妃の礼服の、漢字で表現された理念的色を省略したことと比較してみると、その特徴がより明確になります。

色への抵抗感

だからこそ、「白」と「黒」の色への抵抗感を語る次の場面の特徴も、その延長線で考えることができます。

(1) 祖父の喪中の時、私は喪服を着るべき八歳にはまだ至らず、純色（白衣）を着る必要はないのであったが、そのように着ていった。すると、母が「あの子はあんなにゴイ着ているのに、お前はゴプジモッハニ、あの子と同じくしよう」と言った。（一六三頁）

(2) 十月二十八日揀擇される、自分ながらも驚いた。（中略）下人達が乗物を担ぎ出すことに驚き、また道で婢子（下臈）が腰に黒丹粧（帯）を巻いて立っていて、これほど驚いたこともない。（一六七頁）

抵抗感は否定的な感情です。(1)の場面では、「ゴイ（綺麗で）」と、その否定形の「ゴプジモッハニ」を対比させることで、白色への抵抗感を表わしています。(2)は黒色への抵抗感を語る場面です。この場では珍しく、「驚いた」と、驚きの感情を繰り返しては、最終的に宮中の下臈が腰に巻いている「黒丹粧」、黒い帯を見ては、「これほど驚いたこともない」と、その高ぶる感情を語っています。感情をあまり表現しない作者が、色への抵抗感によって自分の感情を前面に打ち出しているのです。否定的な感情が色への反応をさらに強化しているとも言えます。

このように、『ハンジュンロク』の作者が、儒教の理念に制御される色を省略することで、観念的な色から感覚的な色を、自己を語るハングルをもって表現したことの意味を、女性文学の成立とも連動させて、重く受け取りたいと思います。

英・正祖時代の白衣禁制

韓国人の色を考えるときは、今までお話しした、王朝の華麗な色と同時に、白衣《はくい》を好むことからの「白衣民族」という言葉に表象される、相反するイメージがあります。朝鮮半島に暮らす韓国人は長く「白衣民族」と言われてきましたが、それはまず、十九世紀以後の外部からの視線による評価でもあります。

次の書物を参考にしてください。

・Ernst Jacob Oppert〔エルンスト・ヤーコプ・オッペルト　一八三二～一九〇三。ユダヤ系ドイツ人の実業家〕
　『禁断の国、朝鮮紀行』（一八八〇年）〔一潮閣、一九七四年〕《日本語未訳》
・Isabella Bird Bishop〔イザベラ・バード・ビショップ　一八三一～一九〇四。イギリス人の旅行家〕
　『韓国とその隣国』（一八九七年）〔図書出版サリン、一九九四年〕
　《『朝鮮紀行』時岡敬子訳、講談社学術文庫、一九九八年》
・柳宗悦《やなぎむねよし》〔一八八九～一九六一。民藝運動を起こした思想家〕

「朝鮮の美術」『朝鮮と芸術』（一九九二年）〔李キルジン訳、シング、一九九四年〕
《『朝鮮の美 沖縄の美　柳宗悦セレクション』書肆心水、二〇一二年》

同時にそれは、白衣を好む韓国の風習を物語ることでもあり、かつて、崔南善《チェナムソン》氏は「朝鮮民族が白衣を崇尚したのは遠い昔から」〔『朝鮮常識問答』一九四六年〔七二頁、三星美術文化財團、一九七二年〕〕のことだとします。

しかし、白衣を好む風習と裏腹に長い間、中国中心の思想から〈白衣禁制〉が繰り返されてきました。たとえば、『ハンジュンロク』の背景になる英・正祖時代にも、

①　英祖十四年（一七三八）八月十六日〔『英祖実録』四十七巻、訳は http://silok.history.go.kr による。以下同じ〕

論者謂我國國於東、東於時爲春、於色爲青、而俗喜衣白、宜禁白而尚青、殿下亦既従其言、令行有日矣。

〔(**訳**) 論者が言うには、「わが国は東方に位置する国で、四季では春、五色では青に当たる。風俗は白衣を好んでも、白衣を禁じ、青を敬うべきだ」と。殿下もすでにその進言に従い、施行なさって久しくなりました。〕

②　正祖十七年（一七九三）十月〔『正祖実録』三十八巻〕

〃且氅衣雖是燕居所着、亦係朝官之服、而公服之裏、既用青色、私室之中、必着白色、此亦不但斑駁、徒作糜費之資。況於先朝、亦嘗嚴禁白衣、……

〔(**訳**) たとえ氅衣（チャンイ）が気楽な場で着るものではあっても、朝官の服で、すでに公服の裏に青色を使っています。しかし自宅では必ず白衣を着ることで、紛らわしく複雑で、無駄な浪費になっています。すでに先の

王朝で白衣を厳しく禁じたことがありますので（後略）」

と、東方の国である朝鮮の色を「青」とし、西の色である「白衣」を禁止していたことがわかります。このような〈白衣禁制〉は、朝鮮王朝の建国早々からのものであります。

たとえば、初代の太祖（テゾ）は、

憲司上言〝先王衣服之制、尊卑有等、正閒之色、不可紊亂也。我國家上下服用、尙未有章。願自今進上服用、皆正色、凡男女黄色灰色縞素之衣、一皆禁斷。〞上允之

（七年（一三九八）六月二十九日（『太祖実録』十四巻））

「**訳**司憲府（サフォンブ。司法権をもつ官庁）が「先王（高麗恭愍王《コンミンワン》）の衣服の制度には尊卑の位階がありまして、正色と間色を乱すことはできません。わが国では上下の衣服に紋様がなく、これから召される衣服はすべて正色にし、男女には黄色灰色白色の衣服をすべてを禁じてくださいませ」と進言した。上様はその通り允許《いんきょ》なさった。」

とし、「縞素《こうそ》之衣」の禁止、つまり〈白衣禁制〉を行いました。もちろん、中国中心の「陰陽《いんよう》五行《ごぎょう》」の思想によるものですが、〈白衣禁制〉と「白衣民族」の風習は理念と現実のずれを物語る象徴であるとも言えます。

いってみれば、「白衣」を好む風習とは理念的色彩意識に反する嗜好《しこう》で、それこそ感覚的な色彩意識を物語ることにもなります。朝鮮の建国から、繰り返された〈白衣禁制〉は理念と現実の矛盾、観念で制御できない感覚的色彩意識の存在を証明することでもあります。

そこから、「白衣」が表に着る衣であること、目で見る可視的な色であることに注目してみたいと思います。というのは、可視的なものと感覚としての色、不可視的なものと観念としての色の関係を、『源氏物語』の「白い衣」を用例として簡単に触れてみたいからです。

VI 『源氏物語』の白衣

『源氏物語』の〈白〉

日本の王朝時代の色彩は『源氏物語絵巻』のイメージが象徴するように、それこそ、華麗で多彩な世界です。平安文学と色彩を研究している伊原昭《いはらあき》氏は平安時代を「色彩の黄金時代」としながら、『源氏物語』の作者、紫式部は「色彩の黄金時代にいながら、色なきもの、無彩色の白一色を、あるいはすさまじき対象、それも、宗教に裏づけられた対象に、無上の美、眞の美を見出した」(『源氏物語の色―いろなきものの世界へ』二七六頁、笠間書院、二〇一四年)とし、無彩色としての「白」に注目しています。

そこで、今日は『源氏物語』の用例から、特に「白い衣」を通して、豊富な色の世界のなかでの、〈白〉の意味を考えてみます。まず、「白き・白く・白う」など、「白」の用例は78例あります。その中には、「末摘花《すえつむはな》」巻での、その主の女君とは不似合な雪の情景や、紫《むらさき》の上《うえ》の美を「白」をもって、語っていく場面などもあります。その中から、「白」と衣服の組み合わせの35例の用例に絞ってお話を進めていきます。

無上の美、〈白〉

その35例の中で、まず、分類できるのは、夕顔、柏木、紫の上、大君《おおいぎみ》、浮舟《うきふね》などの死の場面や、葵《あおい》の上の出産の場で、使われている用例です。要するに、非日常的な場を象徴する色として「白い衣」が多用されていると言えます。

そして、源氏・薫・女一《おんないち》の宮《みや》への賛辞の言葉として使われていることがわかります。まず源氏の場合、

…白き御衣《おほむぞ》どものなよよかなるに、直衣《なほし》ばかりをしどけなく着なしたまひて、紐《ひも》などもうち捨てて、添ひ臥《ふ》したまへる、御灯影《ほかげ》いとめでたく、女にて見たてまつらまほし。この御ためには上《かみ》が上を選《え》り出《い》でても、なほあくまじく見えたまふ。

（「帚木《ははきぎ》」一三七頁〈小学館「日本古典文学全集」より引用。以下同じ〉）

〔**訳**〕（源氏は）白いやわらかなお召し物に、直衣〈平安時代の貴人の通常服〉だけをわざど無造作にお召しになって、直衣の紐なども結ばないままで、物に寄り添って横になっていらっしゃる、その灯影のお姿はまことにすばらしく、この方を女にして拝見したいほどである。この方のためには、上の上の女を選び出しても、まだ満足ということはありそうもないとまで、お見受けされる。〕

と、「白き御衣ども」を着ている源氏を「女にて見たてまつらまほし」とか、「この御ためには上が上を選り出でても、なほあくまじく見え」るほどであると誉《ほ》め称《たた》えています。その延長線で、「須磨」（一九二〜一九三頁）、「若菜上」（六四頁）、「藤裏葉《ふじのうらば》」（四三六頁）でも、「白い衣」を着ている源氏の姿を描き、その美質を称えています。

また、薫の場合ですが、

若君は、乳母《めのと》のもとに寝たまへりける、起きて這《は》ひ出《い》でたまひて、御袖《おほむそで》を引きまつはれたてまつりたまふさまいとうつくし。白き羅《うすもの》に唐《から》の小紋《こもん》の紅梅の御衣《おほむぞ》の裾《すそ》、いと長くしどけなげに引きやられて、御身はいとあらはにて背後《うしろ》のかぎりに着なしたまへるさまは、例のことなれど、いとらうたげに、白くそびやかに柳《やなぎ》を削《けづ》りて作りたらむやうなり。

（「横笛」三三七頁）

〔（**訳**）若君は、乳母《うば》のところでおやすみでいらっしゃったが、目を覚まして這い出してこられて、（源氏の）御袖を引いてまとわりつき申し上げるご様子が、ほんとうにかわいらしい。（薫は）白い薄物に唐綾〈舶来の綾織〉の小紋の紅梅の御衣の裾を、長々と無造作なご様子で引きずって、おなかも露わにして背中のほうばかりに集めて着ていらっしゃるさまは、幼児によくある姿であるが、ほんとうにかわいらしく、色白で背がすらりとしていて、柳の木を削ってこしらえたようである。〕

宿直人《とのゐびと》、かの御脱ぎ棄ての艶《えん》にいみじき狩の御衣ども、えならぬ白き綾《あや》の御衣のなよなよといひ知らず匂へるをうつし着て、身を、はた、えかへぬものなれば、似つかはしからぬ袖の香《か》を人ごとに咎《とが》められ、めでらるるなむ、なかなかところせかりける。心にまかせて身をやすくもふるまはれず、いとむくつけきまで人のおどろく匂ひを、失ひてばやと思へど、ところせき人の御移り香《が》にて、えも濯《すす》ぎ棄てぬぞ、あまりなるや。

（「橋姫」一四四頁）

〔（**訳**）宿直人《とのいびと》〈（八の宮の）夜間の警護人〉は、（薫が）お脱ぎ捨てになった、優美でみごとな狩衣の数々や、すばらしい白綾の御衣のやわらかく、言いようもなく香ばしいのをそのまま身に着けて、それでも着る身は変えることができないものなので、似つかわしくない袖の香を、会う人ごとに怪しまれたり、褒められたりで、かえって窮屈な思いであった。気ままにふるまうこともできず、まったく気味が悪いまでに人が驚くその香をなくしてしまいたいと思っても、満ち溢れるほどの御移り香《が》なので、すすぎ落すことができないとは、困ったことである。」

と、「白い衣」を着ている薫の様子を、「白くそびやかに柳を削りて作りたらむやうなり」と、目に見えるように描いています。

『源氏物語』での「服色は人がらの象徴」（伊原昭、前掲書、一三二頁）ともいい、伊原氏は無彩色の「白」を、それこそ源氏をとおしての「無上の美、眞の美」であると述べています。

観念としての〈白〉

そこで、女一の宮の用例ですが、

…唐衣《からぎぬ》も汗衫《かざみ》も着ず、みなうちとけたれば、御前《おまへ》とは見たまはぬに、白き薄物《うすもの》の御衣《おほむぞ》着たまへる人の、手に氷《ひ》を持ちながら、かくあらそふをすこし笑《ゑ》みたまへる御顔、言はむ方なくうつくしげなり。いと暑さのたへがたき日なれば、こちたき御髪《みぐし》の、苦しう思《おぼ》さるるにやあらむ、すこしこなたになびかして引かれたるほど、たとへんものなし。ここらよき人を見集むれど、似るべくもあらざりけり、とおぼゆ。　（「蜻蛉《かげろう》」二三七～二三八頁）

〔**訳**〕（女房や童女たちが）唐衣〈平安時代の宮廷女性の正装〉や汗衫〈表着《うわぎ》の上に着る、童女などの正装用の服〉も着ないで、皆くつろいだ格好なので、そこが姫宮〈女一の宮〉の御前とはお思いにならなかったところ、白い薄物のお召し物を着ていらっしゃる人が、手に氷を持ったまま、皆このように〈氷を割ろうなどと〉争っているのをご覧になって微笑《ほほえ》んでいらっしゃるお顔が、言いようもなく美しく見える。まったく暑くて耐え難い日なので、ふさふさとたくさんある御髪《みぐし》がうっとうしくお感じになるのであろうか、少し〈薫のいる〉こちらになびかせて垂らしていらっしゃるご様子はたとえようもない。「これまで多くの美しい人を見ているけれども、この方にくらべられる人は見たことがない」と思われる。〕

と、薫の目を追って、「白き薄物の御衣着たまへる」女一の宮の様子から、最終的には「似るべくもあらざりけり、とおぼゆ」と、すばらしく思う薫の心情に辿《たど》り着きます。要するに、源氏と薫の「白い衣」は「見え」「やうなり」と、見る対象として描かれますが、女一の宮の場合は覗《のぞ》かれるものではあるが、見るものでなく、思う対象、頭のなかで構築する観念的な色として位置しています。その差は男女の差によることで、女性の、肌着としての「白い衣」は、本来不可視的なものであるはずだからです。

たとえば、『枕草子』で、

単衣《ひとへ》は白き。昼《ひ》の装束《さうぞく》の紅《くれなゐ》の単《ひとへ》の袙《あこめ》などかりそめに着たるはよし。されど、なほ白きを。黄ばみたる単衣など着たるひとは、いみじう心づきなし。練色《ねりいろ》の衣《きぬ》どもなど着たれど、なほ単衣は白うてこそ。

（第二百六十五段〈小学館「新編日本古典文学全集」より引用〉）

〔**訳**〕単衣《ひとえ》〈裏のない仕立ての衣〉は、白いのがよい。正式の装束の、紅の単の袙など、ちょっとひっかけているのはよい。けれども、やはり白いのがよい。黄ばんだ単衣を着ている人は、全く好感がもてない。練色の衣〈練糸で織った、やや黄味のある絹の袙〉なども着ることはあるが、やはり単衣は白いのこそがよい。」と、「単衣は白き」を良しとします。その感覚は男性のものとしての可視的な色を対象にしているわけです。

不可視的な色であるだけに、女一の宮の「白い衣」は薫の〈感覚〉より、〈観念〉の中で構築される、だからこそ、薫は後にそれを自分の妻で再現しようとすることになるのだと言えます。〈感覚〉的な色の世界から〈観念〉的な色の世界への変化の発端と言えましょうか。韓国の王朝女性文学の色が、〈観念〉から〈感覚〉へと向かったのとは反対の方向性を見ることができるかもしれません。

『源氏物語』での「白い衣」の問題は今後、さらに掘り下げていきたいと思いますが、韓国の王朝文学との対比による問題提起としてごく簡単に触れてみました。

本日は、王朝文学の色彩意識における、理念と現実、観念と感覚の交差するところでの表現を、ハングルで書かれた、女性文学成立の意味を軸にお話を進めました。ご清聴ありがとうございました。

講演を聴いて―コメントとレスポンス

■コメント（高田祐彦）

東アジアの伝統色と王朝文学

今のご講演、ハングルで書かれた女性文学が出てくる経緯、そして色に関する歴史など、非常に基本的なところからお話しいただいて、よくわかりました。まず最初に陰陽五行に由来する五色ですね。それが伝統色であるというところからお始めになられましたが、直接、感覚的なものから色の表現が発するというよりも、まずは観念で色を捉え、それを自分たちの生活の中で使っていく、ということであったと思います。この点、例えば、貴族の中で位階によって色が決められていく、というようなところは、中国でも同じですし、日本でも同じということで、同じような要素が東アジアであるのだろうなと思いました。

そしてそういう伝統色の歴史の中で、韓国の王朝文学は十七世紀以降、ハングルで書かれた女性文学として登場するということで、日本の王朝文学と非常に共通した要素がある、ということだと思います。これはやはりそうだと思いますね。大きくくくってみれば韓国の王朝文学の特質は、女性のもの、ハングルという新しい文字で書かれているということ、それから特に色に関しては華麗な衣装を持っているというようなこと、こうしたところで似ているというところはたしかにあります。

その一方で、そのような韓国の王朝の女性文学が出てくるまでにはかなり長い、ハングルができてからも長い激動期を経ていて、その後でようやく女性文学が出てくるということですが、この点は日本の場合には、奈良時代から平安時代になりまして、おおよそ百年足らず、短かめに見ると五、六十年で仮名文字ができてきていますし、仮名文字に至る動きとしては、万葉末期からすでに漢字を使いつつ、仮名文字を志向する、そうした意欲といったものが生まれてきている。いわば、下地があったということもあると思います。その点はもちろん、それぞれの国の実状、政治状況というものの異なりがある、ということだろうと思います。

『ハンジュンロク』と日本古典文学

それで、今日のお話の『ハンジュンロク』ですけれども、私なども全然知りませんでしたので非常に面白く伺いました。自己語りのハングル文学ということで、李さんはむしろ歴史小説というよりは、自己語りの文学という風にお捉えでしたので、その意味では平安のいわゆる女性の日記文学と近いものを持っているだろうと思いました。ただ、宮廷の中心の様子を描いていくという意味では、日本の日記文学とは少し違っている。もし、共通する近いところを探すとするならば、日本の平安の日記文学では『紫式部日記』が近いだろうと思いますけれども、他の『蜻蛉日記《かげろう》』ですとか、『和泉式部日記』、『更級日記』などでは、そういう宮廷中心部までは十分に行かないというところもあると思います。むしろ逆に、『源氏物語』は虚構の作品、まったくの虚構の作品であるがために帝の皇子を主人公とした宮廷中心部に切り込んで行ったという点で、その意味では『ハンジュンロク』と近いところと、相違点というものがあるのだろうなと思いました。

日本の『蜻蛉日記』に始まる女性の日記文学の源流としては、十世紀初めの醍醐天皇のお后の穏子《おんし》という人が書いた『太后御記《たいこうぎょき》』というものがあったと伝えられています。資料としては今それ自体としては残っていませんけれども、他の資料に引用された逸文などから、これが一応仮名の日記なのではないかと考えられています。ただ、残っているものが漢字交じりの表記だったりしますので、原型がよく分かりませんし、またそのようなお后の日記ということでお后本人が書いているのか、あるいはなんらかの女官が書いているのかということもわからないのですけれども、宮廷中心の日記という点では、日本の場合にはそうしたものの存在が指摘されています。

そして今回は、儀礼については色を書かないということで、衣服のかわりに衣服の色を書くというところ、そこのところが中心だったかと思います。特にその伝統的な観念的な色合いから感覚的な色、表現に移っていく、その典型的なところが『ハンジュンロク』には見られるのだというところは非常に面白い、今回の中心部分だったかなと思います。

『源氏物語』と比較してみますと、やはり『源氏物語』の場合にも、宮廷の儀式は、建前としてはそれが男子の世界であるとして書くのを控える傾向があります。その代わりに例えば光源氏の四十歳のお祝いですとか、光源氏の六条院の中での船遊びの様子ですとか、そういうところではふんだんに、女性たちの様子や調度品といったものに筆をさいて、色鮮やかな世界を作り上げています。おそらく物語文学である『源氏物語』の背後に、そうした行事を書きとどめた様々な著述、漢文で書かれた故実書ですとか、それから仮名ですと歌合《うたあわせ》の日記ですね、そういうものがあったと思います。それらの資料には、行事や催しに参加した人々の服飾とか、調度品とかいったものが細かく記されておりますので、そういうものを『源氏物語』は取り込んで、より豊かな世界を描いていると考えられます。

『源氏物語』の白一色の世界

そして、最後にお触れになった『源氏物語』の白、白い服飾ですね、『源氏』の多彩な色はよく知られているところですので、今回『ハンジュンロク』との関係で、その白ということに話を絞られたのだと思いますが、非常に面白いお話だったと思いますね。

『源氏物語』の場合には、白の服飾については今、李さんがいくつか場面をお示しくださいましたけれども、それに加えて白一色の世界といったものに関して、光源氏の好みを示しているというところもあります。例えば「朝顔」巻で、冬の夜の月というものは、世間の人が「すさまじきもの」として顧みないのだけれども、光源氏はそれを非常に好んでいると。雪が積もって、そこに月の光が降り注いでいるその中で光源氏は亡くなった藤壺のことを思い出しています。過去、未来、そういう時間が消えたような世界、そういう中で死後の世界への思いが展開する。これと同じようなことが宇治十帖で（今日は薫のことも出ていましたが）、やはり薫にも同じようなことがありまして、最愛の大君《おおいぎみ》を失った後、やはりその月と雪の世界の中で大君を偲ぶというようなことが出ておりました（「総角《あげまき》」巻）。そのような形で白一色の世界というものを、『源氏物語』はちょっと当時の一般的な好みと違う形で展開している。そんなことを今日、お話を聞きながら思い合わせてみました。

二つの質問

そこで二つほど李さんにご質問したいなと思っているのですが、まずその『ハンジュンロク』の話ですね。今日の中心になる所で、朝鮮王朝時代の、儀礼の色ではなく、衣服の色ということでしたけれど、これは『ハンジュンロク』以外の作品も含めて、その十八世紀頃ですかね、そのころの朝鮮王朝文学では服飾の色への関心が高いというふうなことになるのでしょうか？

その場合には、今日はそこのところを特に観念的な色から感覚的な色へということでご説明をいただいたのですけれども、この感覚的な色というのは、紅ですね、紅の色の種類についてお話しくださいましたけれども、これは『ハンジュンロク』の中でも具体的に表現として感覚的な色ということがいえるのか、それとも『ハンジュンロク』以外の色々な作品を含めて全体的として感覚的な色という問題としているのかと、この点が一点でございます。

それから二点目ですけれども、これは今日のとても色鮮やかなパワーポイントの画像を見ながら思ったことですが、韓国の王朝時代に、色彩に関して感覚的なものが強まってくるとしますと、やはり非常に多彩な色の感覚など、いろんなものが展開されることになると思います。日本の場合でも、『万葉集』にもいろんな色があるのですけれども、やはり王朝になって非常に多彩な色が仮名文学の中に出てくるといってよさそうです。その辺りをある程度共通した現象だと捉えると、多彩な色が文学の中で表現されていくときにはどのようなことが原因というか、要因として考えられるか、それをどう捉えたらいいのかということで、お考えがあったら教えていただきたいなと思います。このくらいの二点をはじめに私からお尋ねしたいと思います。

■レスポンス（李愛淑）

感覚的色彩意識

ありがとうございます。二つの質問でありますが、高田さんの質問の一点目は、感覚的な色と表現を、『ハンジュンロク』以外の作品にまで拡げて、より一般的に言えるかどうかの意味だと受け取りました。まず、本日のお話は『ハンジュンロク』の色をその対象としています。韓国の王朝文学では、講演のなかでも申し上げましたように、十七世紀以後女性文学が成立していく中で、『ハンジュンロク』以外の作品の場合は作者は不明で、またその成立の背景を明らかにすることもできません（文学作品ではないですが、一八〇九年に李氏という女性が生活百科事典として書いたものとして『閨閤叢書』があり、そこに五方色への説明が出てきます）。

それゆえ、他の文学作品と比べることが難しいわけで、当時の風俗画を参考にしましたが、民間では儒教理念からより自由であっただけに、「紅」色を、感覚的に、より写実的に表現できたと思います。というのは、儒教の倫理観からすると、当時の貴族には清貧な生活と感情の抑圧が美徳として要求されていました。特に、女性には婦徳が強要されていた時代で、感情と、派手な色を表に出すことへの抵抗は強かったと思います。だから、当時の女性は日常生活での色を表の世界から隠して、目につかない、たとえば、下着の飾り物の世界へ持ち込んだのです。表に表現することを忌避していましたが、「端午圖」ではそういう矛盾を風刺していると言えます。

しかし、『ハンジュンロク』の作者は王室の女性で、儒教理念から完全に自由になれない身分の人でした。にもかかわらず、ハングルで表現している、ハングルをもって、強固な観念的色の束縛から脱皮し、感覚的に「紅」色に注目し、ハングルで表現している、その能動性を読み取りたいと思います。変動の時代を背景に、漢字世界の色を省略し、ハングル世界の色を表現する所から、新しい時代の精神が見えてくるはずです。まだ過渡期で、ほかの作品にまで、一般化はできないが、感覚的色の表現が女性のハングル文学のなかで見えることの意味は大きいと思います。

韓国・日本を通じての「王朝の色彩」

二点目ですが、王朝の多彩な色を文学で表現する事になる、その要因は何かという質問だと理解しました。とても難しいことで、お答えしづらいですが、まず、日本の王朝文学とはちがって、韓国の王朝文学では今日見てきたように、イメージとは随分開きがあって、色を豊富に表現してはいません。ただ、多彩な色を感覚として受け取ることと、それを表現することは違うと思います。感覚としての色でも、その色を認識し、色を表現するには、かなりの学識が要求されるはずです。身分社会であった王朝では、表現の主体側の身分が大きい要因になったろうと思います。なぜなら、文字を習得し、自分を表現し、ものを書くのは、当時としては一部の階層に限られていました。
だからこそ、色は上層貴族の専有物として、理念的に、観念的になりやすいものであったかもしれません。そうすると、多彩な色は、感覚の領域のものでありながら、観念的なものである、その矛盾を認識することから、色を表現することになったのではないだろうかと思います。
そこで、白を例として述べましたが、日本と韓国での「白い衣」に対する、可視的な感覚と不可視的な観念の混在と言いましょうか、その明確でないところが面白くなってくると思います。

司会（小川）　二番目の問題について言えば、私たちは色というものを当たり前に存在するものとして思っていますが、〈表現としての色〉は相当に自覚しないと文学に現れてきません。
例えば近代文学の場合でも、北原白秋が短歌で鮮やかな色を表現していくという時に、同時代の他の歌人たちは必ずしもそうでなかったことを卒業論文で研究した学生がいます。私が専門にしている『万葉集』にしても、「紅《くれない》」が本格的に歌に詠まれるようになるのは大伴家持の時代になってからです。日本でも韓国でも王朝時代に現実に華麗な色が使われるようになる。それが文学の〈表現〉になるのだという自覚が進んだところに、大きな意味があると思うのです。

韓国の〈白〉・日本の〈白〉

司会（小川）　合わせまして昨日、李さんからお聞きしましたが、色の背景にある自然環境ということも大切です。日本の場合、植物染料が非常に多いのに対して、韓国の場合、それが少なくて、鉱物から色を取ることが多いとのことでした。このようなことも、色の文化を考える時に重要であると思います。

ところで、なぜ韓国では白が好まれるのでしょうか。韓国の白の文化について、もう少しお聞かせください。

李　ありがとうございます。小川さんの質問は白衣、「白」を好んだ理由のことだと受け取りました。まず、「白」いという意味の古いハングル表記の「ヒダ」と、太陽を意味する「ヒ」は語源が一緒で、二つとも太陽の「へ」を象徴しています。

そして、崔南善《チェナムソン》氏によれば、朝鮮民族は太陽を崇拝し、その太陽の光を「白」と思うことから、白衣を好む風習ができたと言っております（『朝鮮常識問答』一九四六年〔七二頁、三星美術文化財團、一九七二年〕）。

司会（小川）　実は『万葉集』の中でも一番多く見える色は白なのです。しかし、その白は太陽ではありません。『万葉集』では白は、人間の力を超えた、超自然な力を表しています。あるいは、「超自然的」というところで、韓国の〈白〉と『万葉集』の〈白〉が共通するのかもしれません。色の文化の違いと共通性を考えさせる格好の例ですね。

■会場からの質問への回答

※会場の二人の方から質問がありました。その要点を整理し、李氏の回答を記します。

(1)　韓国では青はどのように考えられているのか

今日は観念的色の意識からはずれるところでの「紅」に注目することで、青には触れていませんでした。

お話の中で触れた、〈白衣禁制〉を記録した『朝鮮王朝実録』に出てきましたが、繰り返し、〝韓国は東方の国で、東の象徴色である「青」色の衣服を着るべきだ〟と、〈白衣禁制〉の名分として青を提示しています。

しかし、現実では、染料である藍が安いことから、下層の着る衣服の色として思われ、また、官僚の服色として使うときも、上にいくほど、紫と赤色をつかい、下の位階では青色を着たそうです。それが英祖時代を境に青色も吉福を意味することになったということです。

ただ、韓国語の色表現において、「青」と「緑」の区別は曖昧でもあります。たとえば、高麗の「青磁」は今の色感覚からすると、「緑」ですが、「青」と表現しています。また、伝統色を「五方色」としますが、「青」の場合は、青緑系統のように振り分けることもあり、そのあたりが韓国の青色の難しいところだと思います。

また、「赤」との組み合わせで、「青」色は魔除けの色として、幅広く日常生活のなかで使われていました。

司会（小川）　確かに、青という色は、色彩の中でも一番難しい色です。現実に「もの」として存在しないのが青です。ですから、青は仏教文化の中でも、遠い世界の色、浄土の色であるとされました。なかなか難しい色だと思います。

(2)　韓国では鮮やかな色彩で表現することについての法的規制はあったのか

まず、儒教の倫理観からすると、〈色〉は男女の間の欲情をも意味し、遠ざけるべき対象にもなります。だからこそ、華麗な色を表現することは、自分の欲望を露骨に表わすことになり、色表現への抵抗感があったと思います。

色そのものですが、やはり理念的色彩意識からして、皇帝の色である黄色禁制、白衣禁制のように、禁色と身分相応の服色への規制などの法的制約がありました。さらに、英祖時代には、国王本人が倹約な人でもありましたが、当時の奢侈《しゃし》な風俗のために、奢侈を禁止するために、青色に染めた木綿を着るよう命令したことが『朝鮮王朝実録』に記録されています。

司会（小川）　確かに色の禁止ということで言えば、派手な色を禁止することは日本でも行われました。例えば、江戸時代は派手な色が禁止されたために、かえって茶色やねずみ色の文化が発達しました。

今日のお話では、「多紅色」が〈観念〉から〈感覚〉への突破口となったということでした。日本でも平安時代に「今様色《いまよういろ》」という、禁色（衣服に使用されるのに禁止された色）に近い濃い赤色が服飾の色として非常に流行しました。赤の感覚的刺激が、平安時代、韓国の王朝時代、さらには現代を通じても、一つの大きな力となることを感じました。

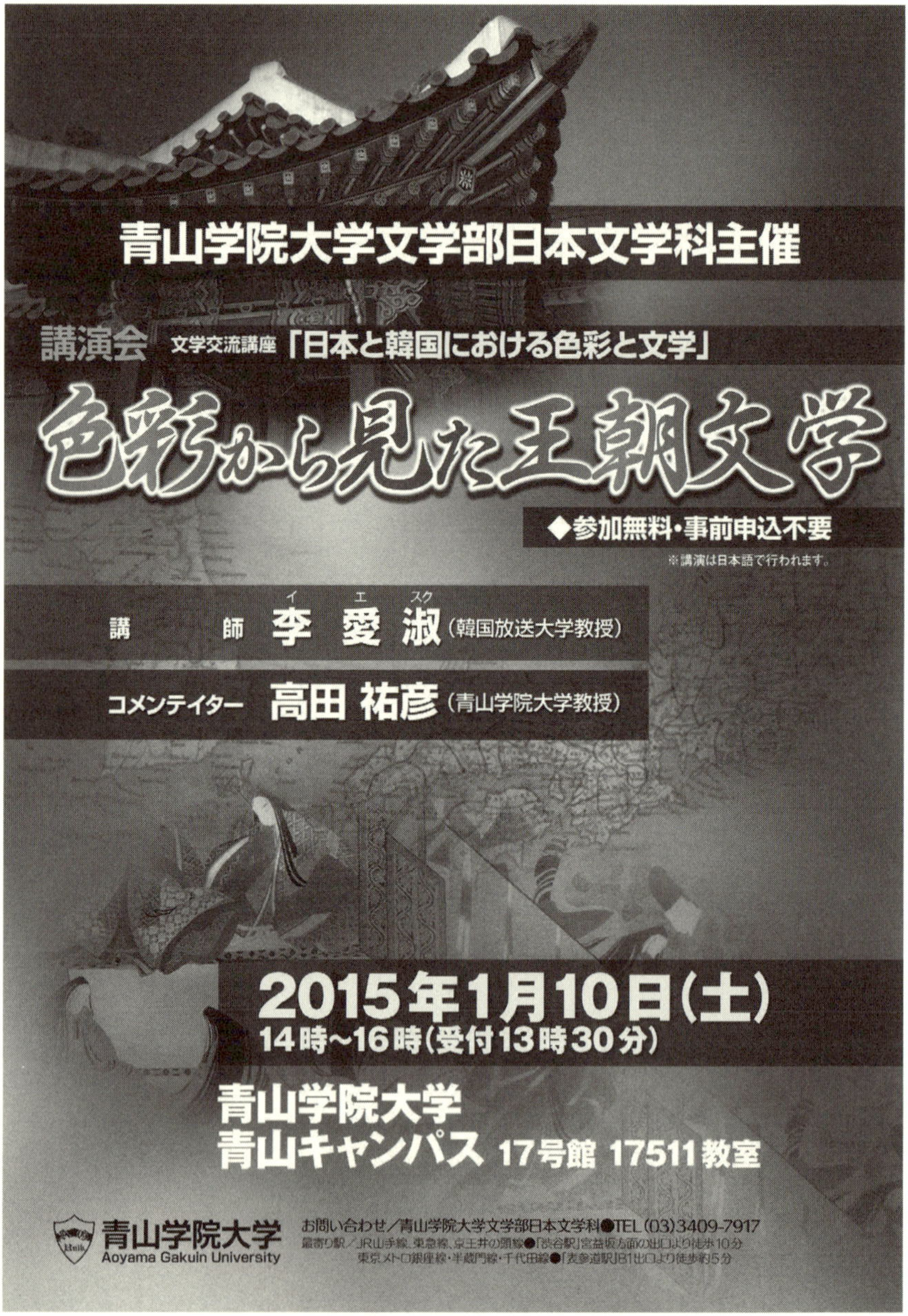
青山学院大学文学部日本文学科主催
講演会 文学交流講座「日本と韓国における色彩と文学」
色彩から見た王朝文学
◆参加無料・事前申込不要
※講演は日本語で行われます。
講　　師 李《イ》 愛《エ》 淑《スク》（韓国放送大学教授）
コメンテイター 高田 祐彦（青山学院大学教授）
2015年1月10日（土）
14時～16時（受付13時30分）
青山学院大学
青山キャンパス 17号館 17511教室
青山学院大学
Aoyama Gakuin University
お問い合わせ／青山学院大学文学部日本文学科●TEL（03）3409-7917
最寄り駅／JR山手線、東急線、京王井の頭線●「渋谷駅」宮益坂方面の出口より徒歩10分
東京メトロ銀座線・半蔵門線・千代田線●「表参道駅」B1出口より徒歩約5分

講演当日のポスター

色彩から見た王朝文学

韓国『ハンジュンロク』と『源氏物語』の色

著　者　**李愛淑　Lee Ae Sook**

國立韓國放送通信大學校日本学科教授。
1962 年生まれ。啓明（ゲミョン）大学卒業。同大学大学院へ進学し、東京大学大学院（国語国文学専攻）にて博士号（文学）取得（1995年）。
著書：『日本文学の流れ』（韓国放送大学出版部、2007年 1月、共著）など。
論文：「女性、宮廷、そして自己語りの文学―比較文化、文学としての源氏研究への展望」（『日本学研究所年報』〈立教大学〉第 8 号、2011年 3月）、「王朝の時代と女性の文学―日本と朝鮮の場合」（小嶋菜温子・倉田実・服藤早苗編『王朝びとの生活誌―『源氏物語』の時代と心性』森話社、2013年 3月）、「恨（ハン）と執の女の物語―比較文学的視点から―」（『アナホリッシュ国文学』第 4 号、2013年秋）など。

編者　　青山学院大学文学部日本文学科

企画

高田祐彦

青山学院大学文学部日本文学科教授
1959 年生まれ。東京大学文学部卒業。東京大学大学院人文科学研究科修了。博士（文学）。
著書：『源氏物語の文学史』（東京大学出版会、2003年）、『新版古今和歌集』（角川学芸出版、2009年）、『日本文学の表現機構』（共著、岩波書店、2014年）など。

小川靖彦

青山学院大学文学部日本文学科教授
1961 年生まれ。東京大学文学部卒業。東京大学大学院人文科学研究科修了。博士（文学）。
著書：『萬葉学史の研究』（おうふう、2008年〈2 刷〉）、『万葉集 隠された歴史のメッセージ』（角川選書、角川学芸出版、2010年）、『万葉集と日本人』（角川選書、KADOKAWA、2014年）など。

＊図版掲載をご許可くださいました関係諸機関に御礼申し上げます。

表紙絵：申潤福「端午圖」（澗松美術館所蔵）

2015（平成 27）年 3 月 31 日　初版第一刷発行

発行者　池田圭子

装　丁　笠間書院装丁室

発行所　笠 間 書 院

〒 101-0064　東京都千代田区猿楽町 2-2-3
電話　03-3295-1331　Fax 03-3294-0996

ISBN978-4-305-70771-0 C0093

http://kasamashoin.jp/

青山学院大学文学部日本文学科主催
文学交流講座「日本と韓国における色彩と文学」
講演会「色彩から見た王朝文学」について

高田祐彦（青山学院大学文学部日本文学科主任）

文学部日本文学科では十年ほど前から国際学術シンポジウムを開催してきました。ちょうど十年前の二〇〇五年三月に、第一回を「文字と言葉―古代東アジアの文化交流」という題で行い、続いて時代順に平安時代、中世、近世、近代といった形でシンポジウムを開いてきました。その後、二〇一二年にはアメリカのコロンビア大学のディヴィッド・ルーリー先生をお招きして、「世界の文字史と万葉集」という題でご講演いただき、今回は、お一人の先生のご講演とその質疑応答という形での二回目の開催となりました。講師の李愛淑先生と当日ご来聴いただいたみなさまに厚く御礼を申し上げるとともに、この本からは、韓国と日本に渡る広々とした文学世界を味わっていただきたいと思っています。